AF236840

Yasmin Mai-Schoger

Die Schwälbler - Onderweags

Neue Geschichten von der Achalm und der
Schwäbischen Alb

Yasmin Mai-Schoger

Die Schwälbler – Onderweags

Neue Geschichten von der Achalm und der
Schwäbischen Alb

Bibliografische Information der Deutschen Nationalbibliothek:
Die Deutsche Nationalbibliothek verzeichnet diese Publikation in der Deutschen Nationalbibliografie; detaillierte bibliografische Daten sind im Internet über http://dnb.dnb.de abrufbar.

© **2021 Mai-Schoger, Yasmin**
Herstellung und Verlag: BoD – Books on Demand, Norderstedt
ISBN: 978-3-753-421339

1. Auflage 2021

Die Schwälbler - Onderweags

Bilder/Zeichnungen: Yasmin Mai-Schoger

Wem
es gelingt
das Alltägliche
als das Besondere
zu erkennen,
dem gehört die Welt!

INHALTSVERZEICHNIS

Die Schwälbler – Onderweags

Rond om d'Achel – „Klein Venedig''

„Schau mal, wie schön!", flüsterte Caya begeistert und fragte sich, was das wohl für ein wunderschöner, blauglänzender Vogel ist, der da gerade an ihr vorbeigeschossen war. So einen hübschen Vogel hatte sie noch nie gesehen. Ihr Freund Ulm wusste nur zu gut, was da gerade ins Gebüsch am Flussufer geflogen war. „Das ist ein Eisvogel", antwortete er stolz. Ulm war ein kleiner *Schwälbler* und er war schon oft mit den Eisvögeln um die Wette geflogen. Genau hier am Echaz-Ufer.

Ulm gehört zur Familie der *Schwälbler*, ist kaum größer als ein Daumen und trägt ein blaues Kleidchen aus Blättern der Küchenschelle. Die *Schwälbler* sind feenartige Wesen, die gleichzeitig den wunderschönen Feen und den geschmeidigen Schmetterlingen ähneln. Sie wohnen in den Wiesen und Wäldern der Schwäbischen Alb und helfen den Bienen die idyllische Landschaft mit ihrer einzigartigen Tier- und Blumenvielfalt zu erhalten.

Ulm wohnt mit seiner Familie in der Nähe der verlassenen Burgruinen an der Achalm, ein paar entferntere Verwandte leben bei den Uracher Wasserfällen; ein weiterer Zweig hatte sich in der Nähe der Bärenhöhle niedergelassen. Ein Bruder der Cousine mütterlicherseits wohnt am Mädlesfels. Sie alle kochen Pudding aus Buschwindröschen, backen Kuchen aus den Blüten der Katzenpfötchen und essen Eis aus Veilchenblättern.

Und Caya? Nun ja, Caya ist ein junges Mädchen, welches Ulm durch Zufall am Fuße des Hausberges getroffen hatte. Und da sie die Schwäbische Alb genauso sehr liebte wie er, schlossen sie Freundschaft und erkundeten seit dem gemeinsam die Schwäbische Alb.

Sie waren bei den Uracher Wasserfällen, hatten eine Kanu-Tour auf der Donau gemacht, auf dem Georgenberg Abenteuer bestanden und sogar die *Engste Gasse der Welt* hatten sie besucht. Jeden Brunnen der Stadt hatten sie sich angeschaut, auch Cayas Lieblingsbrunnen – den Zunftbrunnen. Bei den Ausflügen erzählten sie nette Geschichten rund um die Stadt. Es war immer lustig, wenn die beiden unterwegs waren.

Und heute besuchten sie das Echaz-Ufer. Ulm berichtete liebevoll von dem ruhigen kleinen Fluss, der sich durch die halbe Stadt schlängelt und immerhin 23 km lang ist, auch wenn er gar nicht danach aussah.

Früher speiste er unzählige Wehre und Mühlen. Schließlich waren einmal Gerber und Färber direkt an der Echaz ansässig.

Damals sah das Ufer der Echaz allerdings noch ganz anders aus. Und es war so verzweigt und verschachtelt, dass man es liebevoll das „Klein Venedig" nannte. Schon sehr früh nutzte man hier die Wasserkraft des Flusses und baute unzählige Fabriken entlang des Flussufers. Überall waren Mühlen zu finden. Was war das damals für ein Treiben am Echaz-Ufer! Gern lauschte Ulm den Geschichten der Bewohner. Auch heute kann man noch Überreste dieser Zeit finden.

Ulm und Caya liefen ein Stück am Ufer entlang und immer wenn es etwas zu berichten gab, blieben sie stehen. Als erstes bewunderten sie das knallgelb-orangene Haus inmitten einer kleinen Insel. Caya staunte nicht schlecht, als Ulm erzählte, dass hier einst eine Knopffabrik untergekommen war. Und als Ulm verriet, dass er erst gestern einen alten silberfarbenen Knopf im Fluss gefunden hatte, fand sie die Geschichte natürlich noch viel spannender. Gleich nachher wollte sie schauen, ob sie nicht vielleicht auch ein Knopf im Fluss fand, sie liebte alte Knöpfe.

Ulm holte eine Tüte Orchideen-Gummibärchen aus seiner Tasche und die beiden machten eine kleine Pause. Der kleine *Schwälbler* schwärmte beim Spazieren von riesigen alten Mühlen aus Holz, welche sich entlang des Ufers angesiedelt hatten. Ein solch imposantes Exemplar stand jetzt direkt vor ihnen.

„Und wenn der Sommer besonders heiß war", kicherte Ulm, „setzten wir uns in die mit Wasser gefüllten Schaufeln und machten uns einen Spaß daraus, sie rückwärts laufen zu lassen, was war das für ein Heidenspaß", erzählte er weiter.

Nun liefen die Mühlen leider nicht mehr. Umso lustiger war es, dass im Sommer ein riesiges Riesenrad auf dem Marktplatz gestanden hatte.

Das erinnerte an die guten alten Zeiten, mit den sich drehenden Mühlenrädern. „Nur das Wasser fehlte", bemerkte Ulm. Dafür hatten sie einen atemberaubenden Blick auf ihre geliebte Achalm, auf den Marktplatz und auch die Marienkirche konnten sie sehen. Und nachts, wenn keiner hinschaute, ließen sie die Gondeln so schnell drehen, dass den jungen *Schwälblern* fast schlecht wurde. An einem Abend regnete es so stark, dass die Gondeln voll Wasser liefen. Das war wie damals an den Mühlrädern und somit hatten sie eine Menge Spaß. Natürlich ließ Ulm die Gondeln irgendwann rückwärts laufen.

„Stell dir mal hundert *Schwälbler* in einer Gondel vor!", lachte Ulm. Das fand auch Caya sehr amüsant.

Nun waren die beiden ungleichen Freunde an einer der lustigen schmalen Brücken angekommen. Sie standen dort eine Weile und schauten auf den friedlichen Fluss. Erst jetzt bemerkte Ulm die unzähligen Schlösser am Brückengeländer. Jedes der Schlösser hatte zwei Namen eingraviert. Einige hatten sogar Herzen eingeritzt. Liebespaare hatten sich hier für immer verewigt. Caya fand die Idee wunderschön und schlug vor, dass sie am nächsten Tag auch ein solches Schloss an die Brücke hängen sollten. Natürlich auch mit ihren Namen. Mussten sie nur noch schauen, an welche der Brücken sie es hängen wollten.

Irgendwie gibt es hier ziemlich viele, dafür dass es nur so ein kleines Flüsschen ist.

Dann entdeckten Sie ein ganz besonders idyllisches Plätzchen. Inmitten der Stadt ein Wehr – man hörte die Echaz rauschen und am Ufer lag tatsächlich ein kleines Boot – umgeben von Bäumen und Blättern. Wie wunderschön. Es gehörte wohl zu der *Alten Mühle*, welche mittlerweile einen kleinen Biergarten direkt an der Echaz betreibt. So schön gelegen. Ein wahres Plätzchen zum Pausieren und Träumen! Mitten in der Stadt! Caya war begeistert. Hier würde sie den nächsten Sonnenschein nutzen und ihren Mittagskaffee genießen.

„Und wenn man Glück hat, und die Tür gerade offen steht, kann man einen kleinen Schatz begutachten", wusste Ulm. Und tatsächlich hängt im Inneren der Alten Mühle eine original Steintafel aus dem Jahr 1830. Ein Andenken an den kalten Winter im Jahr zuvor, als die untere Echaz so gefror, so dass man auf ihr reiten und gehen konnte. Laut Ulm standen zehn Tage lang die Mahlwerke still. Die Stadtväter ermöglichten es durch geringe Abgaben Holz zu kaufen, um es unter den Armen zu verteilen. Ulm und Caya hatten Glück, die Tür stand offen und ein freundlicher Herr winkte sie herein.

In alter Schrift lasen sie von dem kalten Winter. Caya erschauderte vor Ehrfurcht. „Es gibt in dieser Stadt so viele alte Geschichten, wäre schade, wenn sie eines Tages verloren gingen", dachte Caya laut.

„Deshalb gibt es ja *Das Buch der Schwälbler*! Hier ist alles festgehalten!" entgegnete Ulm und schmunzelte vor sich hin. Caya hatte von dem dicken *Buch der Schwälbler* gehört und sofort fiel ihr ein, dass sie sich das Buch hatte ansehen wollen. Vielleicht setzte sie sich einfach damit an das Echaz-Ufer und schmökerte darin.

Sie schritten weiter über Holz und Stein und es plätscherte, es rann, es strömte und floss und plötzlich kam der putzige Eisvogel von vorher vorbeigeflogen und - hast du nicht gesehen - flog er mit Ulm um die Wette. Sie schwirrten nur knapp über dem Wasser entlang und jeder flog so schnell er nur konnte. Der possierliche Vogel spiegelte sich im Fluss und Caya konnte ihre Augen nicht von ihm wenden. Nur einen Augenblick schaute sie zu Ulm – und was sie da sah, ließ sie abermals erschaudern.

Ulm war genauso wie der Eisvogel über der Wasseroberfläche entlanggeflogen, nur hatte er den Grauen Herrn nicht gesehen. Dieser hatte gedacht, Ulm sei ein Frosch und hatte kurzerhand zugeschnappt.

Er hatte einfach Ulm verschluckt. Caya schrie auf! Sofort lief sie in den Fluss, um ihrem Freund zu helfen. Auch der Eisvogel hatte das Unglück bemerkt und war umgekehrt. Gerade als Caya und der Eisvogel bei dem Reiher ankamen, sperrte dieser den Schnabel auf, und Ulm kletterte unversehrt heraus. Zum Glück schmecken *Schwälbler* scheinbar nicht besonders gut, der Reiher hatte sein Versehen sofort bemerkt und hatte ihn nicht hinuntergeschluckt. Zum Glück!

Ulm ließ sich vom Schnabel direkt ins kühle Nass fallen und nahm erst einmal ein Bad! Schließlich war er ja fast im Bauch des Reihers gelandet – igitt!

Eigentlich stand der Reiher immer oben an der Lindachbrücke, es gibt sogar ein Gedicht über den „einbeinigen Vogel", erinnerte sich Ulm und sagt gleich die ersten zwei Verse auf.

Oben an der Lindachbrücke
steht der Reiher still und stumm,
wartet auf die fette Mücke,
schaut dort stumm am Ufer rum.
Der graue Herr, er regt sich nicht,
wartet dort auf seinem Stein,
von hier oben beste Sicht,
steht dort nur auf einem Bein.

Ulm lachte und Caya stimmte mit ein.

Eine Bachforelle schwamm neben Ulm. Eine Wasseramsel tat es Ulm gleich und badete ebenfalls im Fluss. Dass hier eine solche Fischvielfalt anzutreffen ist, ist nicht selbstverständlich, war es doch vor langer Zeit gefüllt mit Gerbstoffen und anderem „Unrat", mal in blau, mal in rot. Aber das ist lang her. Zum Glück! Heute kann man wieder unbeschadet seine Füße in das Wasser halten und das tat Caya auch sogleich. Ulm setzte sich zu Caya ans Ufer und sie schwärmten über Schmerlen und Groppen, die sich da im Wasser tummelten. Bevor die beiden weiterspazierten, erzählte Ulm noch von einem Schneckenpflaster mitten im Flussbett der Echaz. Doch Caya hatte diesen Schatz bereits im letzten Jahr entdeckt, als sie mit ihrem Hund Gassi ging und dieser sich abkühlen wollte. Ein wirklich schönes Naturdenkmal, waren sich beide einig.

„Kennst du die Sage von der Burgherrin, die in eine Schlange verwunschen wurde?", fragte Caya ihren kleinen Freund. Das Mädchen erzählte von der Schlange, die wohl an der Flussmündung der Echaz wohnte und vor langer Zeit in einen Berg verbannt worden war und von einem schwarzen Pudel mit feurigen Augen bewacht wurde. Natürlich war von einem Schatz die Rede.

Ulm kannte die Geschichte um das verwunschene Burgfräulein. Er hatte sie einst getroffen, als sie sich in einem schneeweißen Kleid und einem goldenen Gürtel mit einem riesigen Schlüsselbund daran zeigte. Damals wusste er nur leider nicht, dass er sie hätte befreien und somit den Schatz hätte bergen können. „So zeigt sie sich alle hundert Jahre, ich muss also nur abwarten", lachte er geheimnisvoll.

„Ein Fluss voller Geschichten und wahrer Schätze", bemerkte Caya. „Man muss nur auch hinsehen", ergänzte Ulm. Ulm langte in seine Tasche und zog einen kläglichen Rest *Schwäbischer Macarons* aus den Untiefen seiner Hosenbeutel. Caya lachte, munterte ihn aber damit auf, dass sie ihm versprach, gleich mit ihm auf seine geliebte Achalm zu gehen und mit ihm ein leckeres Abendessen zubereiten würde. Das roch nach kandierten Rosenblüten, Glückskeksen aus getrockneten „Vierblättrigen Kleeblättern" und vielleicht auch nach Veilcheneis mit gerösteten Walnüssen und wilden Pusteblumensamen.

Auf dem Weg schmiedeten sie Pläne für weitere Ausflüge – als erstes wollten sie auf einen Aussichtsfels am Rande des Echaz-Tales wandern. Von dort hatte man einen herrlichen Ausblick über das ganze Fluss-Tal.

Natürlich lockte auch hier eine Geschichte, denn unter dem Fels ist laut einer Sage ein gemauertes Gewölbe zu finden – und es soll wohl der Beginn eines unterirdischen Ganges unter der Echaz hindurch sein. So erzählte zumindest Ulms UrUrUrgroßvater.

Aber das ist eine ganz andere Geschichte.

Die Schwälbler – Onderweags

Die Echaz-Dede

Erinnerst du dich an die *Schwälbler*? An die kleinen feenartigen Gestalten, die „ihr Unwesen" auf der Achalm treiben?

Auch die *Schwälbler* warten auf den Weihnachtsmann! Sie können es kaum erwarten! Denn wenn der Weihnachtsmann seine Arbeit getan hat, und alle Geschenke auf der ganzen Welt verteilt sind, dann besucht er die kleinen herzigen Wesen auf ihrem Hausberg und gemeinsam lauschen sie den alten Geschichten. Und so war es auch diesmal. Der Weihnachtsmann hatte „gerufen" und alle waren gekommen! Das war schon ein lustiges Bild, als die ganzen *Schwälbler* dort herumschwirrten. Sogar Falke Finn, Hase Hans und Schaf Schantall waren gekommen. Auch Caya, die beste Freundin der *Schwälbler*, hatte es sich nicht nehmen lassen und wollte den Geschichten lauschen. Naja, und sie wollte den Weihnachtsmann kennenlernen!

Frau Wirbelwusch, die kleine Marienkäferdame, kam wie immer etwas später – sie hatte tief und fest geschlafen. Doch nun waren sie alle versammelt.

Und dann kam er endlich! Erst hörte man die klingenden Glöckchen der Rentiere, dann das fröhliche HoHoHo des Weihnachtsmannes. Alle spürten einen eisigen Windhauch – und dann stand er vor ihnen. Freundlich lächelte er sie an. Auch er freute sich auf das Treffen. Er war gern hier oben auf der Achalm. Hier war es so schön friedlich. Und still. Genau das richtige nach dem ganzen Trubel. Heute war es wieder mal ganz neblig, das liebte der Weihnachtsmann besonders.

Nachdem sich alle herzlich begrüßt hatten, hob der Weihnachtsmann seine Hand und rief zum Zuhören auf. Sofort waren alle ganz still.

Und das ist bei den *Schwälblern* schon ein kleines Wunder. Normal sind sie den ganzen Tag am Erzählen, Singen, Summen oder man hört sie Kichern oder Schwälxen (das ist ein Geräusch das wirklich nur die *Schwälbler* von sich geben können, aber seid Euch gewiss, wenn jemand diesen Laut hört, dann vergisst er alles um sich herum und ist einfach nur noch im Glück).

Der Weihnachtsmann holte tief Luft und sprach dann mit tiefer Stimme: „Ich habe mir für dieses Jahr ein ganz besonderes Geschenk für euch ausgedacht!" Nach einer kleinen Pause sprach er weiter. „Jeder von Euch darf eine Runde mit den Rentieren über die Stadt fliegen!" Die *Schwälbler* freuten sich natürlich riesig. Wer träumt nicht davon, einmal mit den Rentieren eine Runde zu drehen? Und kaum hatte er die Worte ausgesprochen, sprangen auch schon die ersten in den Schlitten. Die Frechsten unter ihnen hatten sich auf die Rentiergeweihe gesetzt und ein paar ganz Ängstliche waren in die kuscheligen Manteltaschen vom Weihnachtsmann gekrabbelt. Nur Caya saß ganz brav hinten im Schlitten und hatte sich eine Decke über die Schultern gewickelt. Es ruckelte, es wackelte und dann ging es auch schon los. Als erstes flog ein kleines rotes Geschenk aus dem Schlitten, das hatte man wohl vergessen auszuliefern.

Caya konnte es gerade noch einfangen und legte es unter den Sitz. Der Weihnachtsmann schnalzte mit der Zunge, die Rentiere liefen los und dann hoben sie endlich ab. Die *Schwälbler* kicherten zufrieden. Sie flogen immer höher und höher. Caya schaute nach unten. „Wie schön", seufzte sie, als sie die Achalm unter sich immer kleiner werden sah. Ulm, der auf ihrer Schulter Platz genommen hatte, war begeistert – auch wenn er fast vom Wind weggeweht wurde, genoss er die Fahrt. Der Schlitten machte eine kleine Schleife und sie flogen einmal um den Hausberg herum. Unter ihnen... der Weihnachtsmann...

Dann hörte man Ulm kichern. Ulm flog zu den Rentieren, hielt sich an einem der Rentier-Ohren fest und einen kleinen Moment später gesellte er sich wieder zu Caya und schmunzelte verschmitzt. Die Rentiere änderten abrupt die Richtung und flogen schnurstracks in die Stadt. Fast wären sie beim Überqueren der Stadt an dem goldenen Engel der Marienkirche hängengeblieben, doch zum Glück schrie Caya noch rechtzeitig auf, und sie konnten ausweichen. Sie flogen Richtung Echaz-Ufer und die Rentiere „galoppierten" das Flussbett entlang.

Falke Finn tauchte auf und so lieferten sich die Rentiere mit dem Falken ein kleines Wettrennen.

Alle hatten ihren Spaß! Dann blieben die Rentiere ohne Vorwarnung stehen! Fast wäre Ulm aus dem Schlitten gefallen.

Wie aus dem Nichts war eine feine Nebelgestalt aus dem Flussbett hervorgetreten – die *Echaz-Dede*. Elegant in einem durchsichtigen Kleid aus Eis und Schneekristallen - wunderschön und absolut eindrucksvoll. Ulm flog sofort zu ihr und begrüßte sie. Caya war beeindruckt! Sie lauschte den Erzählungen der Gestalt, die ihre Worte nur so dahin hauchte.

Nun müsst ihr wissen, wer den eiskalten Hauch der Echaz-Dede ins Gesicht gehaucht bekommt, dem wird Aug' und Ohr geöffnet und er geht fortan aufmerksamer durchs Leben. Aufmerksamer für die schönen Dinge des Lebens! Und was kaum einer weiß: wenn die Echaz-Dede ihren Atem an die kleinen Schlösser an den Brücken der Echaz haucht... wem immer dieses Schloss gehört.... die Liebe derer wird eine ganz besondere.

Caya träumte vor sich hin.

Auf einmal spürte sie einen eiskalten Hauch an ihrem Hals. Kurz fröstelte es sie und dann wurde ihr wohlig warm. Die Echaz-Dede hatte Caya den _Hauch des Sehens_ mit auf den Weg gegeben.

Plötzlich hörte man einen lauten grellen Pfiff und die Rentiere mahnten zum Aufbruch. Der Weihnachtsmann hatte sie zurückgerufen. Das lustige Gespann flog wieder zurück zur Achalm, der Ausflug war zu Ende.

Caya übergab das fast verlorengegangene Geschenk dem Weihnachtsmann. Dieser lachte und meinte, sie solle es einfach auspacken.

Sie schüttelte es neugierig, entfernte vorsichtig die rote Schleife. Schob das Geschenkpapier zur Seite und öffnete gespannt die Schachtel. Mindestens genauso neugierig: Ulm. Und dann kam etwas sehr merkwürdiges zum Vorschein. Caya erkannte es nicht sofort, aber der Weihnachtsmann erklärte es ihr mit freundlicher Stimme. „In der Schachtel befinden sich Erinnerungen. Deine Erinnerungen! Wann immer du erinnert werden möchtest, nimm eine kleine Handvoll von dem *Zeitstaub* und erinnere dich! Das ist feinstes Mehl vom Baum der Erinnerungen, du weißt, wo er zu finden ist... und das sind *deine* Erinnerungen!"

So ein schönes Geschenk! Caya war beeindruckt. Eine Freudenträne lief ihr übers Gesicht. Das war das schönste Geschenk das sie jemals bekommen hatte. Der Weihnachtsmann lächelte, setzte sich auf den Schlitten und begann zu erzählen.

Eine Geschichte nach der andern folgte und alle hörten dem Mann mit dem langen weißen Bart zu.

Und von diesen Geschichten und Gedichten will ich Euch nun ein Gedicht aufsagen:

Ein schöner Brauch,
wer hätt's gedacht-
herrscht auf der Achalm,
zur Heiligen Nacht.
Wer dort verweilt zur vollen Stunde,
so überliefert aus meinem Munde -
der nimmt das Glück
dann mit nach Haus',
zieht wohlgemut zur Welt hinaus.
Man stelle sich dort oben hin
und nimmt sein Ziel fest in den Sinn.

Dann einfach nur die Augen schließen
und den Augenblick genießen.
Und wenn im Tal die Glocke klingt,
der Zauber auf dich niedersinkt.
Beschwingt, vergnügt kehrst du zurück,
mit dem Gefühl vom großen Glück.
Ein schöner Brauch,
wer hätt's gedacht-
dort auf der Achalm,
zur Heiligen Nacht.

Die Schwälbler – Onderweags

Winterwunderland

Seit Jahren berichten die *Schwälbler* dem kleinen Schwabi begeistert über herrliche Winterlandschaften auf der Schwäbischen Alb! Insbesondere die Achalm hat es den feenartigen Wesen angetan. Sie träumten von schneeweißen Hängen, traumhaften Ausblicken bei klirrender Kälte und nebligen Flusstälern. Sie schwärmten regelrecht von der Zeit, wo alles in Schnee und Eis liegt. Immer wieder erzählten sie von Schlittenfahrten, Schneeballschlachten und Wanderungen im tiefen Schnee.

Sogar einen Winterwanderweg gibt es auf der Schwäbischen Alb. „Und wenn dann der Schnee die Berge und Täler bedeckt, sieht alles aus wie in einem Märchen", ergänzte Fienle. „Schwäbisch Sibirien", lachte Ulm. „Und erst die Achalm - ein wahres „Winterwunderland", beschrieb er sie liebevoll. Schwabi hörte aufmerksam zu. Auch er kam ins Schwärmen. Schwabi hatte die Achalm tatsächlich noch nie im Winter gesehen - er war ja eine Schwalbe und wie alle Zugvögel, flog er im Winter Richtung Süden. Richtung Afrika. Immer die gleiche Route. So wie seine Eltern es taten. Und deren Eltern. Natürlich genoss er es mit seinen Freunden und Verwandten beisammen zu sein. Unterwegs gab es wunderschöne Rastplätze und auch das Ziel der Reise hatte er in sein Herz geschlossen. Nur der Weg war oft sehr beschwerlich. Man stelle sich das mal vor: über die Sahara mussten sie fliegen! Jedes Mal dachte er, er würde es nicht schaffen. Tagelang vorher konnte er schon nicht mehr richtig schlafen. Völlig ausgelaugt, kraftlos und müde kam er dann endlich an. Ulm konnte sich schon vorstellen, wie sich Schwabi nach dem tagelangen Flug fühlte.

In diesem Jahr sollte alles anders sein. Schwabi hatte beschlossen hier zu bleiben. Auch er wollte seinen geliebten Hausberg im Schnee bewundern.

Sein bester Freund, der Falke blieb ja auch über die Wintermonate hier. Falke Finn wohnt in einem Kirchturm ganz in der Nähe und hatte ihn eingeladen bei ihm zu überwintern. Also war er einfach geblieben. Ein bisschen mulmig war ihm dann schon, als er die große Vogelschar aufbrechen sah. Und als seiner Mutter ein paar Abschiedstränen über das Gesicht liefen, kamen auch ihm die Tränen. Doch er blieb standhaft und flog den Seinen nicht hinterher. Viele Tage war er sich nicht sicher, ob seine Entscheidung richtig gewesen war. Doch er sollte es nicht bereuen! Irgendwann wachte er morgens auf und alles war weiß! Schneeweiß! Es glitzerte und funkelte. Schwabi konnte sich gar nicht satt sehen! So etwas Schönes hatte er noch nie gesehen. Die Achalm lag unter einer dicken weißen Puderzuckerschicht. Schnell flog er hinaus.

Er machte eine Schneeballschlacht mit *Falke Finn*. Und er schmiss sich in den Schnee und formte begeistert seinen ersten Schnee-Engel. Von nun an flog er jede freie Minute auf die Achalm. Und wenn er etwas hatte, dann war es Zeit.

Als er mal wieder dort oben die Aussicht genoss und sich daran erfreute, dass er die Achalm im Schnee sehen konnte, traf er auf Ulm den

Schwälbler. Dieser machte gerade mit seinen Kindern eine Schneeballschlacht! Ulm's beste Freundin Caya war ebenfalls mit von der Partie. Auch sie lief juchzend den Berg hinauf und formte unentwegt Schneebälle, um sie dann auf einen ihrer Freunde zu werfen. Einmal hatte sie einen zu großen Schneeball geformt und diesen auch ein bisschen zu fest geworfen... der Ball traf Ulm und dieser wurde mitgerissen. Als der Schneeball zu Boden kam, kullerte dieser mitsamt dem *Schwälbler* den Hang hinunter. Der Ball sammelte beim Rollen immer mehr Schnee auf und wurde größer und größer. Unter der Schneeschicht: Ulm. Aufgeregt lief Caya hinter der Schneekugel her. Der Schneeball war nun schon so groß wie der Bauch eines Schneemannes. Dann kam die Schneemasse endlich zum Stehen. Doch so sehr sich Caya auch anstrengte, sie konnte ihren Freund einfach nicht entdecken. Gerade als sie aufgeben wollte, sah sie einen kleinen Flügel aus der Schneekugel hervorblitzen. Sie steckte vorsichtig ihren Finger in den kalten Schnee, Ulm ergriff die helfende Hand und schwupps, kam er zu Vorschein. Kreideweiß, nein schneeweiß plumpste er in den Schnee. Sofort nahm Caya ihn in ihre wärmende Hand und nach ein paar Minuten hatte er sich wieder gefangen und lachte sogar wieder. Nur seine Flügel waren noch gefroren und hingen steiff an seinem Körper.

Er musste nun ganz vorsichtig sein, nicht dass sie zerbrachen. Schwabi, der mittlerweile auch angeflattert war, umschloss ihn liebevoll mit seinen wärmenden Flügeln und in Nullkommanichts waren sie aufgetaut.

Schwabi war ganz im Glück. So saßen sie dort eine Weile und erzählten Geschichten über den Winter. Und über den Schnee.

Ulm erinnerte sich an den Ausflug mit dem Rentierschlitten, den sie im letzten Winter vom Weihnachtsmann geschenkt bekommen hatten. Sie waren damals mit dem Schlitten über die Achalm geflogen. Auch einen Abstecher zum Echaz-Ufer hatten sie gemacht. Sogar der Echaz-Dede waren sie begegnet. Und als Ulm bemerkte, dass Schwabi so voller Begeisterung für den Winter war, schlug er vor, am nächsten Tag einen Ausflug zu machen. Zum Glück schneite es noch die ganze Nacht.

Gemeinsam machten sich die Freunde auf den Weg in den Süden der Schwäbischen Alb, hier sollte der Winter-Ausflug in aller Herrgottsfrühe beginnen. Umgeben von schneebehangenen Lärchen und riesigen Fichten mit weißen Spitzen. Sie trafen auf eine kleine Fuchsfamilie und auch

Spuren von Rehen und Wildschweinen waren im Schnee zu finden. Die Schneekristalle blitzten in der Sonne und der von den Bäumen fallende Schnee zauberte den Besuchern ein Lächeln ins Gesicht. Sehr romantisch war es hier, einfach märchenhaft. Und so schön still! Nur ab und zu ertönte das freudige Gezwitscher von Schwabi, der sich kaum an der wunderschönen Natur sattsehen konnte. So etwa Schönes hatte Schwabi selten gesehen! „Ein wahres Wintermärchen!", lachte Ulm und wollte gerade wieder eine Schneeballschlacht beginnen. Doch dann besann er sich und führte seine Freunde lieber weiter. Ulm schwärmte von der Schwäbischen Alb und berichtete von einem weiteren Schneewander-weg: dem Schneewalzer-Weg, doch hier würden sie ein anderes Mal wandern gehen, denn nun hatte Caya eine kleine Überraschung für alle. Nach einer kleinen Stärkungsrunde mit heißem Holunder-Tee und schokolierten Früchten, die sie extra vom Schokomarkt aus Tübingen geholt hatte, nahm sie eine kleine blaue Tüte aus den Tiefen ihres Rucksackes. Schwabi und Ulm flatterten ganz aufgeregt um Caya herum. Ulm ließ es sich nicht nehmen und erzählte von dem leckeren Schokobrunnen, in den er getaucht war, um vorher den Schokogeschmack zu probieren, bevor der Verkäufer dann die Früchte in die süße Schokomasse hielt. Er hatte noch immer kleine

34

Schokokleckse am ganzen Körper, sogar im Bauchnabel hing die klebrige Masse. Was er nicht erzählte, war, dass er vor lauter Begeisterung fast als Schoko-Ulm verkauft worden war. Ulm hatte, schokoliert wie er war, am Rand des Schokobrunnens gestanden und geschaut wie die Früchte in dem warmen Schokostrahl verschwanden. Er war so gespannt, dass er sich kaum bewegt hatte. Und nun ja, was soll ich sagen, im nächsten Moment war er umgeben von fester Schokolade. Ein Schoko-Ulm.

Ein kleiner Junge hatte begeistert nach ihm gegriffen und wollte ihm gerade genüsslich den Kopf abknabbern. Zum Glück hatte Caya das Unheil gerade noch aus dem Augenwinkel mitbekommen und rettete den Schoko-Ulm. Caya legte Ulm liebevoll in ihren Rucksack und bei nächster Gelegenheit half sie ihm aus seiner süßen Umhüllung. So schnell würde Ulm nicht mehr in einen Schokobrunnen steigen.

Caya kruschtelte noch ein wenig in ihrem Rucksack - dann kam etwas zum Vorschein, mit dem hätten Ulm und Schwabi nie im Leben gerechnet: Schneeschuhe! Caya hatte Schneeschuhe mitgebracht. Und sogar für Schwabi und Ulm hatte sie eigens welche anfertigen lassen. „Wie putzig", rief Ulm freudig und betrachtete sie von allen Seiten. Sofort zogen Ulm und Schwabi die Miniatur-Schühchen an und liefen schnurstracks in den hohen Schnee. Sie juchzten und kicherten. Natürlich war es Ulm, der seine Schuhe nicht richtig angeschnallt hatte und so war er es, der prompt im stiefelhohem Schnee versank. Wieder einmal musste Caya ihn retten. Und wieder einmal musste sie ihn aufwärmen. Auch Caya hatte mittlerweile ihre Schuhe angeschnallt und so konnte es nach dem abermaligen Aufwärmen des kleinen *Schwälblers* endlich losgehen. So hatte selbst Ulm noch nicht den „Wintermärchen-Weg" bewandert. Ab und zu flogen sie natürlich ein kleines Stückchen, doch so oft sie nur konnten, liefen sie im tiefen Schnee. Es war schon ein wenig anstrengend, doch sie wurden belohnt mit strahlendem Sonnenschein. Und glasklarer Sicht. Und als dann auch noch ein Pferdeschlitten an ihnen vorbei fuhr, waren sie voll in ihrem Element. Sie konnten es sich natürlich nicht nehmen lassen, auf diesen aufzuspringen und eine Runde mitzufahren. Stellt Euch vor, nur eine Schneewehe später wurden sie doch tatsächlich von einem anderen Schlitten überholt. Und wer saß dort oben auf der Schulter des „Kutschers"? Fienle und Jockel! sie hatten sich in Caya's geräumigem Rucksack versteckt, sich in einem guten Moment rausgeschlichen und hatten dann ein paar Schlittenhunde angeheuert.

Nun huschten sie in Blitzgeschwindigkeit an ihren Freunden vorbei. So schnell, dass sämtliche Hundeflöhe aus dem Fell geschleudert wurden. Im Schnee waren lauter kleine schwarze Pünktchen zu sehen. Diese hüpften und sprangen im Schnee herum und versuchten sich so gegenseitig zu wärmen. Arme kleine Hüpfer.

Natürlich kamen die zwei *Schwälbler* dann nach ein paar Minuten wieder zurück. Diesmal in Normalgeschwindigkeit. So hatten dann auch die Flöhe die Gelegenheit, wieder auf die Huskys aufzuspringen. Dafür sprangen jetzt Jockel und Fienle von dem Hundeschlitten und flogen lachend und juchzend zu ihren Freunden.

Klar alberten sie erst mal gemeinsam im Schnee herum – zu fünft war es ja noch lustiger! Caya versuchte irgendwann ein paar Schneefiguren zu kreieren, doch so schön wie Alma's Eisfiguren wurden sie natürlich nicht. Da fehlte eindeutig Alma's glückliches Händchen. Diese half ja regelmäßig die Eis-Skulpturen für das alljährliche „Feuer und Eis – Event" zu kreieren. Das muss man mal gesehen haben! Alma hätte eindeutig einen Preis verdient.

Ulm machte sich über Caya's Figuren lustig, die einfach nicht wirklich gut aussehen wollten. „Vielleicht werden sie ja schöner, wenn ich einen kleinen *Schwälbler* mit einbaue?", witzelte Caya und langte aus Spaß nach Ulm. Auch Jockel, Fienle und Schwabi stimmten mit ein und versuchten Ulm zu fangen. Das ganze endete in einer riesigen Schneeballschlacht. Was für ein Spaß. Eigentlich schon genug Vergnügen für einen Tag! Doch Ulm hatte noch eine nette Idee für den Tagesabschluss geplant.

Am Ende ihres Ausfluges ging es Richtung Achalm. Allerdings sollte der Tag hier noch nicht enden. Ulm führte seine Freunde an dem kleinen, netten Hotel vorbei und von dort aus direkt an den Hang. Ulm hatte alles vorbereitet. Normalerweise gab es hier einen kleinen Pool für die Gäste des Hotels, doch Ulm kannte die Familie gut und so hatte er es geschafft, dass die Pool-Heizung für ein paar Tage ausgeschaltet blieb und sich nun eine dicke Eisschicht auf dem Pool befand. Caya war begeistert! Sie konnten auf dem Pool Schlittschuh laufen! Welch' eine wunderbare Idee.

Und nicht nur das. Am Poolrand war ein riesiges Buffet mit lauter leckeren Sachen aufgebaut. Auf dem Tisch standen sogar die original Schwälbler-Muffins – in süß und in salzig - frisch aus der Hotelküche, es duftete bis zum Pool.

Und, als wollte sich da jemand über Ulm lustig machen: ein Schokobrunnen.

Die Schwälbler – Onderweags

Zwischen den Zeilen

Wer kennt sie nicht, die Erzählungen über Caya, dem jungen Mädchen, welches im Schwabenländle wohnt und ihren Freund, den *Schwälbler* Ulm?

Ulm und Caya kannten sich nun schon so lange, sie hatten so viele tolle Geschichten erlebt und mindestens genauso viele Sehenswürdigkeiten der Schwäbischen Alb zusammen besucht. Nur zur Bärenhöhle hatten Sie es noch nicht geschafft. Bis jetzt!

Nun sollte es endlich so weit sein, die beiden Freunde planten wieder einen Ausflug. Caya freute sich schon seit langem auf dieses faszinierende Fleckchen unter der Erde. Und seit dem Ulm ihr erzählt hatte, dass sein UrUrUrGroßvater damals die Tabakdose des Entdeckers der Bärenhöhle direkt auf den Kopf bekommen hatte, als eben dieser die Höhle durch Zufall entdeckt hatte, wollte sie sich natürlich gern dort umschauen.

Scheinbar fiel als erstes ein Steinchen und dann die besagte Dose durch ein kleines Loch im Boden.

So weit, so gut. Allerdings war der kleine *Schwälbler* direkt unter dem Grasbüschel und somit fiel ihm erst das Steinchen auf den Kopf und im nächsten Moment die Tabakdose. Zwei riesengroße Beulen auf so einem kleinen Kopf. Na, zum Glück war nicht mehr passiert. Der *Schwälbler* schnappte sich die Tabakdose und flog damit durch die benachbarte Karlshöhle heraus, er wollte ja nicht gesehen werden. Damals wusste ja außer den *Schwälblern* noch niemand von der Bärenhöhle.

Eine Sekunde später bog der Besitzer der Tabakdose vorsichtig das Gras zur Seite und entdeckte die Höhle. Aber da war der *Schwälbler* schon lange fort.

Gut, dass der Herr Lehrer damals dort entlang spazierte, wäre ja wirklich schade gewesen, wenn wir nicht in den Genuss der Tropfsteine gekommen wären.

Und der UrUrUrgroßvater? Na, der hatte sich erst mal seinen Kopf gerieben und ist dann mit der Tabakdose und seinen zwei Beulen nach Hause geflogen. Dabei torkelte er ganz schön hin und her. Immer wieder musste er sich den Kopf halten. Fast wäre er gegen den Engel oben auf dem Kirchturm geflogen. Und die letzten Meter hoch zur Achalm musste er zu Fuß beschreiten. Völlig verdreckt und ganz außer Puste kam er oben an. Noch tagelang später hatte er Kopfweh.

Dafür hatte er seinen Fund gleich ganz stolz in das Schwälbler-Museum gebracht - dort liegt die Dose noch heute! Fast wie neu funkelt sie vor sich hin, denn der Finder hatte sie jeden Tag liebevoll mit seinem seidenen Taschentuch poliert.

Doch fangen wir von vorne an:

Ein *Schwälbler*? Ein *Schwälbler*! Eins dieser putzigen Wesen der Schwäbischen Alb, welches einer kleinen Fee und einer wunderschönen Elfe ähnelt. Oder doch einem anmutigen Schmetterling? Vielleicht aber auch einem winzigen Kolibri im Blumenkostüm?

In jedem Fall sehen sie sehr herzig aus. Die Kleider aus zarten Buschwindröschen oder Orchideenblättern, auf dem Kopf einen Hut aus dem Kelch der Glockenblume - spitzige, kleine Elfenohren. Und Gummistiefel aus den Blättern der Küchenschelle. Aus diesen blitzten die zarten dünnen, fast zerbrechlich wirkenden Beinchen hervor. Sie waren kaum größer als ein Daumen und wirkten so bezaubernd und charmant - wie direkt aus einem Kindermärchenbuch entsprungen.

In der zarten Stimme konnte man den Klang eines Vogels hören, der Nachhall erinnerte an eine Grille. Immer freundlich, stets erzählfreudig und unendlich wissbegierig.

Die *Schwälbler* wohnen seit vielen vielen Jahren in den Wäldern der Schwäbischen Alb – ein paar in der Nähe der Burgruinen der Achalm, ein halbes Dutzend entfernte Verwandte bei den Uracher Wasserfällen, eine Hand voll nicht weit entfernt von der Bärenhöhle und ein Bruder der Cousine mütterlicherseits am Mädlesfelsen. Nicht zu vergessen: die Dote am Hundsrücken. Und natürlich die Großfamilie im Donautal, ganz in der Nähe eines kleinen idyllischen Wasserfalls, nicht weit von der Burg Werenwag. Und Ulm? Ulm wohnt in einem kleinen verlassenen Mauseloch am

Hang der Achalm, ganz in der Nähe des Rappenplatzes.

Die zierlichen kleinen Wesen kochen und backen köstliche Gerichte aus den typischen Pflanzen der Schwäbischen Alb, wie zum Beispiel Auflauf aus Sonnenröschen mit frittierten Distelhalmen, blauen Glockenblumenpudding oder den himmlischen Albcarpaccio aus Gänseblümchen.

Die Aufgabe der *Schwälbler* war es von jeher, die Bienen und Vögel dabei zu unterstützen, die idyllische Landschaft mit ihrer einzigartigen Tier- und Pflanzenvielfalt zu erhalten. Sie sorgen dafür, dass es weiter so schön grünt und blüht, und dass es die prachtvollen Wiesen mit ihren herrlichen Obstbäumen auch noch in vielen Jahren zu bewundern gibt, egal ob im wunderschönen Ermstal oder im blühenden Blütenmeer am Albtrauf.

Da Caya die Schwäbische Alb genauso liebt wie Ulm, war es klar, dass die beiden sich sofort verstehen würden. Und so waren sie nun schon viele Jahre befreundet und erkundeten gemeinsam die herrliche Gegend. So wie heute die Bärenhöhle. Der Weg dorthin sollte allerdings über Umwege ans Ziel führen. Schon frühen Morgen machten sich Ulm und Caya auf den Weg. Der Rucksack voll gepackt mit leckeren Sachen wie kandierten Rosenblüten, eine große Hand voll frischen Glückskeksen aus getrockneten vierblättrigen Kleeblättern und natürlich eine riesige Kanne gefüllt mit Kaffee aus gerösteten Kastanien. Caya steuerte noch ein paar ofenfrische Brezeln und selbstgemachtes Breschdlingsgsälz bei, davon konnte Ulm nie genug bekommen. Meist klebte die Hälfte der süßen Köstlichkeit an seinem frisch gewaschenen Kleid und ab und zu tropfte die andere Hälfte in einen seiner grasgrünen Gummistiefel. Das trug nicht selten dazu bei, dass sie ein paar Fliegen oder Bienen als Begleiter hatten, die sich an der leckeren Masse erfreuten.

Die beiden Freunde wollten vor ihrem Ausflug noch einen kleinen Abstecher zum Ufer der Echaz machen – Caya wollte sich gern eines der „Wasserkraftwerke" des Gewässers anschauen; sie konnte kaum glauben, dass durch die Echaz, allein durch diese eine Anlage, bis zu vierzig Haushalte mit Strom versorgt werden konnten. Ulm schnappte sich sein kleines Walnuss-Schalen-Körbchen und flog voran. Caya folgte ihm. So machten sich die beiden auf in Richtung Echaz. Als sie an der kleinen Brücke über dem rauschenden Nass standen, erklärte Ulm, dass es weitere vier solcher Anlagen an der Echaz gäbe. Caya war begeistert.

44

Begeistert war Caya auch als sie einen Fischschwarm direkt unter sich sah. Wenn sie sich nicht arg täuschte, war unter dem Schwarm ein echter „Rotzkopf". Einen solchen hatten sie erst neulich hier schwimmen sehen, es konnte also gut sein. Und da dieser Fisch ziemlich empfindlich gegen Wasserverschmutzung ist, wäre es ein gutes Zeichen, wenn er hier herumschwimmen würde.

Sie wies Ulm darauf hin – doch so sehr er sich auch verrenkte, er konnte den Fisch einfach nicht sehen. Caya kicherte und zog ihn auf, dass er nicht richtig sehen könne. Natürlich fragte sie irgendwann, ob er eine Brille bräuchte, sie könnten ja gleich in der Stadt vorbei gehen und ihm eine besorgen. Sie gluckste und prustete unentwegt weiter. Ulm erwiderte trocken: „Wenn, dann müsste es schon die Brille von Hermann Kurz sein!" Da lachte Caya natürlich noch mehr! „Und wo sollen wir die Brille herbekommen?", fragte sie den kleinen *Schwälbler* belustigt. Sie wusste, dass Hermann Kurz hier in Reutlingen geboren war, viel mehr wusste sie aber nicht. „Komm'", sagte Ulm energisch und zog seine Freundin hinter sich her. „Ich weiß, wo sie liegt", lächelte er wissend. So liefen sie durch die Gassen der Stadt, bis sie endlich vor einem großen Fachwerkhaus standen. „Bitteschön! Tritt ein", forderte Ulm Caya auf.

„Das Heimatmuseum? Was in aller Welt willst du denn jetzt im Heimatmuseum?", wollte Caya wissen. Doch Ulm gab keine weitere Erklärung ab und flog einfach ins Innere des Museums. Und Caya? Naja, Caya ging neugierig hinterher.

Sie lief den Gang entlang, an der Kasse vorbei, die Treppe hinauf, dann hatte sie Ulm aus den Augen verloren. So schaute sie sich einfach die ausgestellten Gegenstände an. Doch gerade als sie sich die Werke genauer ansehen wollte, schwirrte Ulm aufgeregt um ihren Kopf herum und forderte sie auf, ihm zu folgen. Er flatterte im Zickzackflug vor ihr her und schaute immer wieder, dass Caya ihm auch ja nachkam.

Dann setzte er sich auf einen kastenähnlichen Gegenstand und winkte sie zu sich heran. Ulm zwinkerte und zeigte auf den schwarzen Gegenstand neben sich. „Das! Ist Hermanns Brille!", flüsterte er ehrfürchtig. Einen Moment war es ganz still.

„Das ist die Brille von Hermann Kurz!", ergänzte er mit Tränen in den Augen. Caya trat so nah sie nur konnte an den Kasten heran. Tatsächlich! Ein kleines Schildchen dokumentierte die Echtheit seiner Aussage! „Und weißt du, das ist ja noch lang nicht alles!", meinte Ulm und schaute sie mit seinen großen Kulleraugen an.

Nun war er in seinem Element. Er erklärte, dass die *Schwälbler* sich oft mit Hermann Kurz getroffen hatten. Zum Austausch über seine Gedichte. Eine Art Philosophie-Stunde. So oft sie nur konnten, saßen sie zusammen und sprachen über die neuesten Werke des Dichters. Ulm selbst hatte bei ihm auf der Schulter gesessen und ihm beim Schreiben zugeschaut! Und als er einmal etwas nicht lesen konnte, nahm Hermann seine Brille ab und gab sie dem kleinen *Schwälbler*. Und was dann geschah, konnte Ulm kaum glauben.

Die geschriebenen Worte fingen an zu tanzen, einige Buchstaben wurden heller und nahmen eine goldbronzene Nuance an. Sie schienen die Sonne aufgesogen zu haben. Und plötzlich stand dort so viel mehr als nur ein Gedicht. Zwischen den Zeilen hatten sich Worte gebildet. Worte, die direkt aus dem Herzen des Schreibers kamen. Ulm wurde es ganz warm ums Herz! So etwas Schönes hatte er noch nie gesehen! Er war ganz ergriffen. Dort standen die wahren Gedanken des Verfassers in wunderschönen gotischen Schriftzügen.

Ulm berichtete von stundenlangen Treffen, bei denen er nun durch die Brille von Hermann Kurz und somit in das tiefste Innere seines Freundes schaute. So schöne Worte.

Ulm glaubte, sein kleines Herz würde in die Ferne fliegen, hoch zu den Wolken, weit über allen Nebeln dieser Welt.

Später irgendwann durfte Ulm sich die Brille für einen Tag ausleihen. Das war der schönste Tag im Leben des kleinen *Schwälblers*. Überall wo er Geschriebenes fand, konnte er nun auch das was zwischen den Zeilen stand lesen. Ulm war überwältigt und froh, dass es meist Gutes war, was er zu lesen bekam. Es bestand also Hoffnung für die Menschen! Man musste nur zwischen den Zeilen lesen können.

Und nun lag diese fantastische Brille ganz unscheinbar im Museum der Stadt! Nicht auszudenken, wenn die Stadtherren dies wüssten.

Da Ulm die Begeisterung in Cayas Augen sah, kramte er noch etwas in seinen Erinnerungen und schilderte die eine oder andere Gegebenheit. Zum Beispiel berichtete er darüber, dass Hermann eigentlich als Hermann Kurtz auf die Welt gekommen sei, auf Anraten seiner Freunde sich aber dazu entschloss, seinen Namen etwas zu modernisieren und das kleine „t" einfach aus seinem Namen streichen ließ.

Später erzählte Ulm stolz, dass ein Buch der *Schwälbler* noch in dem Geheimfach des

Stehpultes zu finden wäre. Dort enthalten seien ein paar Gedichte aus der Zeit mit Hermann Kurz. Denn auch sie gaben ihre philosophische Seite im Beisein von Hermann zum Besten und holten sich den einen oder anderen Ratschlag bei ihrem literarischen Freund.

Schnell holte Ulm das kleine Büchlein aus dem Geheimversteck. Das Buch war aus kakaobraunem Leder, mit einer goldenen Schnalle verziert. Oben auf dem Buch lag eine dicke graue Staubschicht.

Caya blieb fast die Spucke weg, als sie einen Blick ins Buch warf! So ein schönes Buch, so wundervolle Gedichte. Am besten gefiel ihr das Gedicht *„Ach, wär ich doch ein Sonnenschein"*. Es war so liebevoll geschrieben und machte soviel Hoffnung. Ulm flüsterte: „Ich würde scheinen, scheinen, scheinen. Ich ließe dich niemals allein, ich ließ' dich niemals weinen!" Ulm hatte Tränen in den Augen. Ja, das war wahrlich ein schönes Gedicht! Ja, die *Schwälbler* waren schon etwas ganz Besonderes. Ulm zitierte das Gedicht bis zum Ende und dann noch drei, vier weitere Verse.

Gerade als Ulm von Hermanns Tochter Isolde erzählen wollte, die wohl mit vier störrischen Rössern rasend schnell durch die engen Gassen Tübingens geritten war, flackerte es kurz auf und plötzlich ging das Licht in dem kleinen dunklen

Raum an. Es war spät geworden. Vor lauter Geschichten erzählen, hatten sie die Zeit vergessen. Wieder einmal. Ulm und Caya fingen an zu lachen. Für einen Ausflug in die Bärenhöhle war es jetzt zu spät. Sie würden den Ausflug verschieben müssen. Wieder einmal. Aber das ist eine ganz andere Geschichte.

Die Schwälbler – Onderweags

Die Schrecksels

Nicht Geister, nicht Gespenster, auch keine Kobolde oder gar Trolle sind es, die ihr Unwesen auf den hiesigen Bergen treiben - nein, es sind die *Schrecksels*, die hier auf der Achalm, dem Jusi oder dem Georgenberg die Spaziergänger oder Wandersleut' erschrecken. Sie stibitzen Autoschlüssel, Taschenmesser und andere nützliche Gegenstände aus Handtaschen oder Rucksäcken, lassen Münzen aus den Hosentaschen verschwinden und machen sich einen Spaß daraus, das Wandervolk stundenlang suchen zu lassen. Sei dir gewiss, wann immer du etwas auf der Wanderung verloren hast, es waren die *Schrecksels*. Allen voran: Icke!

Icke liebte es die Menschen auf ihren Touren zu veralbern. Icke liebte es die Wegweiser zu verdrehen, damit die Spaziergänger den Weg verpassten oder gar ihr Ziel nicht, oder nur verspätet, erreichten. Eigentlich war er ja ein ganz netter Kerl, doch wenn es ihm im linken Zeh juckte, dann konnte er eben einfach nicht anders. Und es juckte ihn oft in seinem kleinen blauen Zeh! Also in seinem großen blauen Onkel. Naja, an seinem rechten Fuß halt. Alle *Schrecksels* hatten winzige blaue Zehen, doch die von Icke waren besonders blau. Und immer kitzelten sie ihn.

Meist waren seine Scherze ja auch ganz lustig. Oft gab es was zum Lachen. Doch diesmal war er einfach zu weit gegangen....

Schon morgens hatte er ein paar Spaziergänger geärgert. Sie saßen gemütlich bei einem Picknick im Schatten des Turmes auf der Achalm. Icke hatte nichts anderes zu tun als das Salz mit dem Zucker zu vertauschen, den Pfeffer in den Wind zu streuen, damit nur ja alle niesen mussten und zum Schluss ließ er den Hut der Pfarrersfrau vom Turm herab wehen. Eilig lief sie die vielen steilen Stufen hinunter, um ihn noch zu erreichen. Fast wäre er bis zum Rappenplatz geweht worden. Immer hinter ihm: Die Pfarrers-Frau.

Am Nachmittag lauerte er dann ein paar Kindern auf, die eine Schnitzeljagd dort oben am Hang machten. Er vertauschte die Wegweiser, verdrehte die kleinen Pfeile aus Holz und stibitzte dann auch noch drei von den leckeren Geburtstagsmuffins. Das gab natürlich Tränen. Das Geburtstagskind schluchzte herzzerreißend. Und genau das bemerkte Ulm.

Der kleine *Schwälbler* war gerade mit seinen Freunden unterwegs und sammelte frische Buschwindröschen für den Buschwindröschen-Pudding. Auch sie hatten etwas zu feiern. Es war mal wieder Zeit für den *Schwörtag*! Der Tag an dem die Reutlinger jedes Jahr aufs Neue symbolisch ihre Treue schwören - ein großes Bürgerfest nicht nur auf dem einstigen *Schwörhof*. Die Turmbläser blasen lauthals vom Turm, es gibt einen Festumzug der ehemaligen Zünfte in originalgetreuen Anzügen und es wird ein mittelalterlicher Markt aufgebaut.

Was war das für eine Gaudi! Ulm liebte dieses Fest – nicht nur wegen der Reutlinger Spezialitäten. *Mutscheln*, Kimmicher, *Fochezenplätz* und eben Pudding mit frischen Buschwindröschen. Lecker. Erst neulich musste Ulm doch tatsächlich seiner Freundin Caya erklären was *Kimmicher* sind. Er lachte und beantwortete diese für ihn merkwürdige Frage mit einem charmanten: „Wenn's für a Brod ed langt, ond fir a Weckle zu grauß isch, no isch's a *Kimmicher* – naja, Kümmel hots au no." Caya und Ulm lachten jetzt jedes Mal wenn sie *Kimmicher* von ihrem Lieblingsbäcker holten. Auch jetzt musste Ulm schmunzeln. Ein weiteres Schluchzen erinnerte ihn daran, dass dort jemand seine Hilfe brauchte. Ulm flatterte zu dem Mädchen, hörte schweigsam zu und begriff sehr schnell, was passiert war. Ulm tröstete das traurige Geburtstagskind mit einer kleinen Geschichte über die *Schwälbler* – das funktionierte eigentlich immer! Kaum hatte er begonnen, versiegten die Tränen und große Kulleraugen schauten ihn ungläubig an. Ulm erzählte die Geschichte mit den Elefanten. Eine seiner Lieblingsgeschichten. Und er begann seine Erzählung jedes Mal gleich: „Stellt dir vor du gehst auf der Wilhelmstraße spazieren und plötzlich läuft ein dicker, fetter, grauer Elefant neben dir her". Natürlich übertrieb Ulm ein kleines bisschen, aber seine Wirkung verfehlte er mit der

54

Geschichte nicht. Und es hat sich ja tatsächlich fast so zugetragen. Tatsächlich liefen vier Dickhäuter Richtung Innenstadt. Sie waren einem gastierenden Zirkus entsprungen und wollten wohl die Stadt erkunden. Drei von ihnen konnte man wohl recht schnell einfangen, doch „Delhi", der erkundungsfrohe Elefantenbulle schaffte es bis in die Wilhelmstraße. Sogar das Innere eines Ladens hatte der auf shopping-Tour gegangene Elefant gesehen, eine Verkäuferin zu Tode erschreckt und sich leider wie der bekannte Elefant im Porzellanladen benommen. Scheinbar sehr musikalisch machte er noch einen kurzen Abstecher zum Musikhaus und zerstörte dort mehrere Grammophonplatten – war wohl nicht sein Musikgeschmack. Erst Stunden später und einige Läden weiter, konnte man das ausgebüchste Rüsseltier mit einem Weißbrot ködern und ihn wieder einfangen. Ulm war mal wieder in seinem Element. Das Mädchen staunte nicht schlecht und hörte sehr aufmerksam zu. Als Ulm dann noch hinzufügte, dass das wohl nicht das erste Mal gewesen sei, dass ein Elefant Reutlingen einen Besuch abstattete, wollte das Mädchen gar nicht mehr aufhören zu kichern und zu glucksen. „Geschafft", dachte sich Ulm. Wieder einmal hatte er jemanden zum Lachen gebracht. Icke hatte er nicht vergessen - er machte sich auf den Weg. Ulm wollte sich Icke zur Brust nehmen und ihm ins Gewissen reden – diesmal war er wirklich zu weit gegangen. Den Übeltäter hatte er dann ziemlich schnell erwischt, wusste er doch, wo dieser zu finden war. Der Frechdachs war schnurstracks zur anderen Seite des Berges geflogen und genau dort hatte ihn dann Ulm ausfindig gemacht. Voller Vergnügen hüpfte dieser gerade auf dem Trampolin aus Spinnweben. Eigentlich war dieser Spielplatz für die Schwälblerkinder gedacht, doch ab und zu verliefen sich auch andere Tierchen von der Achalm dorthin. Zum Beispiel Sandy der Sandlaufkäfer, Grit die Grille oder Biene Biggi. Manchmal verirrte sich auch *Frau Wirbelwusch* mit ihrer Kinderschaar dort. Du weißt nicht wer *Frau Wirbelwusch* ist? *Frau Wirbelwusch* ist eine flotte, moderne Marienkäferdame, von der man sich lustige Geschichten erzählt.

Alle kommen gern hierher. Gibt es doch so viel zu erleben. Eine Schaukel aus übergroßen, leicht gekräuselten Eichen-Blättern, ein Karussell mit wunderschön geschwungenen Schneckenhäusern und der Sandkasten gefüllt mit Sternenstaub. Nicht zu vergessen, das riesige Labyrinth unterhalb des verborgenen Platzes: Ein Mauselabyrinth - hier konnte man so herrlich verstecken spielen. Und Icke? Icke sprang so hoch er nur konnte auf dem Trampolin. Er nahm gerade Anlauf für seinen nächsten Sprung, schwang sich in die Luft, und dann schnappte ihn sich Ulm. Icke wusste gar nicht wie ihm geschah. Doch als er den sonst so freundlichen *Schwälbler* erkannte, ahnte er natürlich gleich was ihm blühte. Ulm ermahnte, erklärte, sprach und hoffte auf Besserung. Mehr konnte er nicht tun. Und da es tatsächlich vorerst für ihn nichts mehr zu tun gab, setzte er sich einfach auf ein Holzbänkle am Rande des Platzes, schaute hinab ins Tal und genoss die Aussicht. Wie herrlich es doch hier oben war! Und wie viele Geschichten sich hier zugetragen hatten. So viele Gedichte beschrieben diesen Berg. Und als er so vor sich hinschaute, fing sein Magen fürchterlich an zu brummen. Er hatte seit heut Morgen nichts mehr gegessen und war nun schrecklich hungrig. Ulm überlegte was er gerne essen würde. Ein Sandwich aus Enzianblättern und Sonnenröschenblüten? Ein Salat aus karamellisierten Orchideenblättern mit frittierten Kreuzblümchen-Stengeln? Oder doch lieber *original Schwälbler-Muffins*? Er könnte ja zum Hotel fliegen und fragen, ob es gerade welche gibt? Ansonsten würde man ihm dort bestimmt welche backen, dort schätzten alle die *Schwälbler*. So machte er sich auf den Weg dorthin und klopfte von außen an die Küchenfensterscheibe. Klar wurde ihm sofort geöffnet - ein Lächeln huschte über das Gesicht der jungen Frau, und nur ein paar Minuten später standen vor ihm frisch gebackene

Schwälbler-Muffins. Drei in salzig und drei in süß! Himmlisch! Ulm aß genüsslich vor sich hin. Er schaute aus dem Fenster und sah den „Alten Schafstall". Ach, was hatte er hier doch für Feste gefeiert, getanzt und gelacht! Den Schafstall gab es noch immer. Auch getanzt und gelacht werden konnte hier immer noch. Nur Schafe waren dort keine mehr zu finden. Kugelrund und rappelhart war das Schwälbler-Bäuchlein von den ganzen Leckereien. Fehlte nur noch ein winziges Stück Käse zum Abschluss. Aber Ulm wusste ja wo es Käse in Hülle und Fülle gab. Er verabschiedete sich, versprach demnächst auf einen frischen Holunderblütensaft vorbeizukommen und machte sich auf den Weg. Auf den Weg zur Mäusefalle. Nein, nicht in sein Mauseloch an der Achalm – zu seinem Freund in den Käseladen. Der hatte nämlich nicht nur den besten selbstgemachten Obazda der Stadt, nein, er hatte auch eine lustige Geschichte zu erzählen und Ulm liebte ja bekanntermaßen tolle Geschichten. Erst mal stand Ulm vor verschlossener Tür, doch zum Glück hatte er noch den Schwälber-Schlüssel in der Tasche und so konnte er ja jede Tür auf der Schwäbischen Alb öffnen. Und eben auch die vom Käseladen. Seinen Freund würde er ja bestimmt dort antreffen. Am Ende eines jeden Tages aß dieser nämlich noch ein letztes Stück frisches Brot mit seinem vorzüglichen Käse. Und tatsächlich, da saß er auf einer alten Weinkiste. Als er den *Schwälbler* erblickte, erhellte sich seine Miene noch mehr und er begrüßte den zweit- größten Käseliebhaber der Stadt herzlich. Ein Schluck Wein und ein Stückchen Käse und die Geschichte konnte erzählt werden. Ulm lauschte dem Käsefreund nur zu gern, auch wenn er die Erzählungen quasi schon in und auswendig kannte. „Ok, zum hundertsten Mal und nur weil du es bist!", lachte der junge Mann. „Mein Weg begann an einem etwas trockenem, zahlenbeladenen Schreibtisch in einer kleinen Bank und da ich schon früh meine Leidenschaft für Käse erkannte, tauschte ich das sture Rechnen gegen regionalen Käse und Oliven ein". Seine Augen leuchteten. Wie immer wenn er von Käse sprach. Als er dann noch von seinem ersten Lieblingskäse ausführlich und sehr detailgetreu schwärmte, flatterte Ulm aufgeregt um den Erzähler herum. Ulm lief das Wasser im Mund zusammen. Er steckte eine kleine Olive in seinen Mund. Das heißt er versuchte es, denn für so einen Schwälbler ist eine Olive ja schon etwas größer. Dann lachte er und meinte: „Ich kenne noch einen ehemaligen Kollegen von dir, dem war das auch zu trocken. Heute gestaltet er wunderschöne Predigten – ich habe ihn einmal in der Vesperkirche gehört." Und ab und zu spielt er mit dem Akkordeon in Seniorenheimen. Ulm verlor das Gleichgewicht und landete prompt in der frischgemachten Avocadocreme. Ganz grünlich lugte er einen Moment aus der Creme hervor. Er schüttelte sich kräftig. „Eine wundervolle Idee!", meinte Ulm voller Begeisterung. „Was? Dass aus allen Bänkern irgendwann Käseliebhaber oder Prediger werden?", lachte Ulms Freund. „Auch das!" Ulm bezog sich allerdings auf die Idee, die hinter der Vesperkirche steckte. In der ehemaligen Kirche wird nämlich Essen für Bedürftige ausgeteilt und gleichzeitig gibt es ein kleines Programm für alle Zuhörer. Und zum größten Teil alles ehrenamtlich. Welch' eine wunderschöne Idee! Ulm überlegte, ob er Caya nicht fragen sollte, ob sie nicht auch mal eines ihrer Gedichte dort vortragen möchte, sie hatte ja genug. „Caya, oh nein!", siedend heiß fiel es Ulm ein. Er war ja noch mit Caya verabredet. Sie wollten zusammen zur Bärenhöhle. Ob die Zeit dafür noch reichte?

Die Schwälbler – Onderweags

Die Wandervase

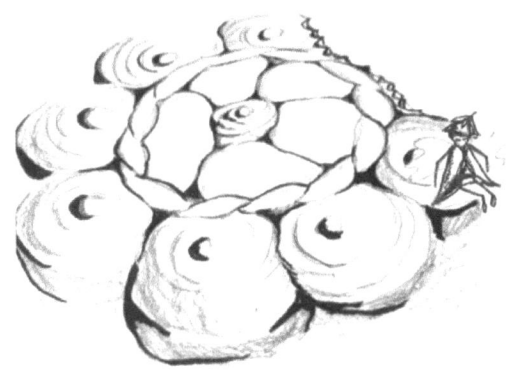

Nachdem Caya die *Schwälbler* zum letzten Mal im Advent gesehen hatte, wollte sie nun wenigstens den Mutscheltag gemeinsam mit ihnen verbringen. So saß sie in der wohl ältesten Dorfkirche Baden-Württembergs und wartete auf ihre Freunde.

Die aus der Römerzeit stammende Kirche hatte es Caya ganz besonders angetan.

Nicht nur von außen ein wahres Schmuckstück, auch in den Gemäuern gibt es so vieles zu entdecken, zum Beispiel einen Drachenstein – sehr ungewöhnlich für eine Kirche. Caya konnte hier quasi die alten Geschichten aus der Römerzeit spüren. So ergeht es wohl auch der *Gedichte-Nichte,* die die vergessenen Sagen und Geschichten in alten Gemäuern, auf verwilderten Wegen und auf längst bemoosten Stiegen erspüren kann. Zum Glück schreibt sie diese dann nieder, somit bleiben sie der Nachwelt erhalten. Vieles davon ist in den Büchern der *Schwälbler* zu finden. Caya seufzte. Die *Gedichte-Nichte* würde sie gern einmal kennenlernen.

Was es hier alles zu sehen gab, sie war begeistert. Hier würde sie mit Sicherheit einmal das „Ja-Wort" sagen! Sie ging am Taufbecken vorbei, strich über den Stein und lachte. „Und meine Kinder lass ich auch hier taufen", schmunzelte die junge Frau. Ein wunderschöner Ort. Kirchen hatten es ihr im Allgemeinen sehr angetan. Wann immer es sich einrichten ließ, schaute sie sich eine von innen an. Im vergangenen Januar hatte sie sogar in einer ein paar ihrer Gedichte vorgelesen, Ulm hatte sie darum gebeten und sie war froh, dass sie der Bitte nachgekommen war.

Noch heute denkt sie gern daran zurück. Caya dachte an die schönen Kirchen in unmittelbarer Nähe – es gab hier einige, die einen Besuch wert waren! Sogar ein Panflötenkonzert hatte es einmal gegeben, in der Katharinenkirche – sehr eindrucksvoll! Wo nur ihre Freunde blieben? Just in diesem Moment kamen die *Schwälbler* hereinspaziert. Sie hatten wohl etwas Mühe gehabt die riesige Mutschel zu transportieren. Alle paar Meter zog sie das Gewicht der Mutschel nach unten und so hatten sie etwas länger gebraucht. Albi und Fred hatten dann unterwegs die tolle Idee gehabt ein Stück von der Mutschel abzuknabbern. Danach war sie nur noch halb so schwer! Schwälbler-Logik! Ulm war sauer. Caya lachte nur, hatte sie doch vorgesorgt und ebenfalls ein paar von der köstlichen Spezialität mitgebracht. Endlich konnte es losgehen, also nachdem Ulm erklärt hatte warum sie so spät gekommen waren. Albi und Fred hatten einen Abstecher zur Echaz gemacht, sie wollten gucken ob Caya und Ulm sich dort tatsächlich mit einem Schloss an der Brücke verewigt hatten. Und wenn sie schon da waren, flogen sie an der Lindachbrücke vorbei und hatten Reiher Reini geärgert. Der graue Herr stand nichts ahnend auf einem Stein mitten im Fluss und wartete auf ein paar leckere Mücken, Fliegen oder sonstiges Flussgetier. Albi und Fred machten sich einen Spaß und flogen im Zickzack um ihn herum, summten wie eben nur Mücken summen und veralberten den armen Reini. Der schon etwas betagte Reiher hielt die Schwälbler-Kinder für Mücken und es geschah, was geschehen musste: Reini schnappte nach den vermeintlichen Mücken. Albi landete im Schnabel, verkeilte sich im Hals und blieb dort wie der bekannte Frosch im Hals stecken. Fred wollte natürlich sofort helfen, doch egal was sie auch taten, Albi steckte fest. Auch Reini wollte den *Schwälbler* schleunigst loswerden, er schien nicht sonderlich gut zu schmecken. Panik machte sich bei den dreien breit. Albi zeterte und schimpfte, Reini jammerte und hustete, und Fred flog aufgeregt um die beiden herum und wechselte seine Gesichtsfarbe abwechselnd von kreideweiß bis purpurrot. Dann gab es einen lauten Klatscher, Reini hustete noch stärker und Albi's grüne Gummistiefel schauten aus dem Schnabel. Dann flog Albi im hohen Bogen durch die Luft, bevor er dann im Wasser landete. Und Fred? Der war fast von Reinis Schnabel aufgespießt worden. Als sich alle beruhigt hatten, bemerkten sie die *Echaz-Dede*. Die feenartige Gestalt im Nebelkleid hatte etwas nachgeholfen und den Reiher etwas unsanft angestupst. Die *Echaz-Dede* nahm den kleinen *Schwälbler* auf die Hand, hauchte ihm sanft ihren seidigen Atem auf den durchnässten Körper und lächelte.

64

Ulm wurde ganz warm ums Herz. Er war jedes Mal auf's Neue beeindruckt von dieser märchenhaften Gestalt. Es dauerte eine Weile bis sich alle von dem Schrecken erholt hatten. Naja, und das war der Grund, warum nun alle zu spät kamen. Ein Gutes hatte das Ganze. Die *Echaz-Dede* hatte Albi ihren Hauch des Sehens auf den Körper gehaucht, es könnte also durchaus sein, dass er nun endlich vernünftig werden würde. Da Fred unaufhörlich um die beiden herumgeschwirrt war, hatte auch er von dem Hauch abbekommen.

Caya fand die Geschichte höchst amüsant, dafür hatte sie gern auf ihre Freunde gewartet. Auch sie hatte ja neulich Bekanntschaft mir der freundlichen Nebelgestalt an der Echaz gemacht. Seit dem ging sie noch aufmerksamer durchs Leben, dafür war sie sehr dankbar.

Endlich konnte es losgehen. Nun wurde gewürfelt was das Zeug hielt. Als erstes würfelten sie *Kirchenfenster*, liegt ja auf der Hand, wenn man schon in einer Kirche mutschelt. Es folgten *Die bösen Sieben* und *Mauseloch*. Und weil Caya nicht genug bekommen konnte und kein Ende fand, spielten sie auch noch den *Langen Entenschiss.* Was für ein schöner Abend - welch schöne Tradition!

Die meiste Zeit gewann Albi! Er hatte nicht nur den Hauch des Sehens gespürt, sondern war wohl auch ein wahrer Mutschelmagier.

Es war spät geworden, draußen war es schon stockrabenfinster. Gemeinsam machten sie sich auf den Rückweg. Leise schlichen sich die *Schwälbler* in das Mauseloch. Es gab einen lauten Krach, einen noch lauteren Schrei, dann ging das Licht an. Fred war gegen den Tisch geflogen, die Vase kam ins Wanken. Zum Glück hatte Albi ruck zuck reagiert und konnte die Vase im letzten Augenblick auffangen. Wäre auch zu schade gewesen, wenn diese kaputt gegangen wäre.

Bei den *Schwälblern* gibt es nämlich eine ganz zauberhafte Tradition. In jedem Dorf gibt es eine *Wandervase*. Die Wandervase wurde vor vielen hundert Jahren von den alten Ahnen der *Schwälbler* in liebevoller Handarbeit gearbeitet und ist aus mundgeblasenem Glas. Der Korpus der Vase schimmert in den Farben des Regenbogens und je nach Stimmung des Halters, nimmt sie eine andere Farbe an. Noch viel wichtiger: Der Vase wohnt ein Zauber inne, solange die Weiterführung der Tradition nicht abbricht, beschert es dem Dorf Freundschaft und Glückseligkeit. Die Vase wird mit Wiesenblumen, Sträuchern oder im Winter auch mit Zweigen bestückt und wandert von Haus zu Haus. Sobald die geschenkten Blumen welk werden, pflückt man neue Blumen, segnet sie und überreicht sie ehrfürchtig und voller Stolz dem nächsten Besitzer! So gibt es nie Streit zwischen den *Schwälblern*. Naja, das ist nicht der einzige Grund. Erstens sind die *Schwälbler* von Natur aus sehr freundlich und harmoniebedürftig, zweitens gibt es einmal im Jahr einen Tag, der es ermöglicht, das Gegenüber zu verstehen und sich in ihn hineinzuversetzen: *Den Tauschtag!* An diesem Tag tauschen die *Schwälbler* ihre Aufgaben. Jeder hat so die Möglichkeit den Alltag des anderen kennenzulernen. Das macht die possierlichen Wesen sehr empathisch. Die *Schwälbler* sind halt schon ein sehr schlaues Volk.

Jedenfalls war die Wandervase heil geblieben. Zum Glück. Müde kuschelten sich alle in ihre winzigen Bettchen aus Eichenrinde. Alma hatte heute die Betten mit frischen Flockenblumen bestückt, so hatten es alle weich und gemütlich. Und nachdem Ulm noch eine seiner fantastischen Geschichten erzählte, schliefen alle selig ein.

Albi träumte von der *Echaz-Dede*, Fred von der *Wandervase*. Und Ulm erzählte im Schlaf der *Gedichte-Nichte* von dem ehemaligen Kartoffellager in der Olgahöhle, warum auch immer.

Die Schwälbler – Onderweags

Ein Keller voller Erinnerungen

Wer die *Schwälbler* schon länger kennt weiß, dass sie ein ganz besonderes Völkchen sind. Nicht nur weil sie dazu beitragen die Flora und Fauna der Schwäbischen Alb zu erhalten, sondern weil sie stets hilfsbereit sind und immer versuchen das Gute in allem zu sehen. Die *Schwälbler* haben einfach so viele wunderbare Bräuche und Traditionen – so schöne Gewohnheiten und nette Rituale. Wie die Wundervase, die ja von Haus zu Haus zieht und dem Besitzer Freude und Zufriedenheit bringt. Oder der „gemeinsame Tag"

der *Schwälbler*, an dem sich wirklich alle Familien treffen und man über das vergangene Jahr nachdenkt, Wünsche formuliert, einander zuhört und wirklich alle zu Wort kommen. Auch der Tauschtag, an dem jeder die Möglichkeit hat in die Rolle des anderen zu schlüpfen, einfach eine tolle Idee.

Besonders gefällt mir, dass sie einmal im Jahr die Geschichten der Ältesten anhören, damit ihr Wissen nicht verloren geht. Auch wenn man vielleicht gerade meint, dass man die alten Ratschläge gerade nicht braucht. Vergessen werden sollten sie nicht! Ja, die *Schwälbler* sind einfach manchmal zu beneiden. Caya hatte das schon lange begriffen, aber sie hatte ja auch den Hauch des Sehens in den Nacken gehaucht bekommen. „Ach, würden doch nur alle der Echaz-Dede begegnen und so aufmerksamer durchs Leben laufen", seufzte das junge Mädchen. Sie hatte vieles dazugelernt, seit dem sie die *Schwälbler* kennengelernt hatte. Caya saß im Garten des Heimatmuseums und ließ sich die Sonne ins Gesicht scheinen. Umgeben von steinernen Zeugen der Stadtgeschichte konnte sie ganz besonders gut abschalten. Wo kann man sonst ein historisches Fleckchen im Grünen, mitten in der Stadt finden? Caya schaute sich um. Hier gab es so vieles zu entdecken.

Alte Grabsteine, ein paar Stücke aus der ehemaligen Stadtmauer, noch ältere Säulen – und Menschen, die hier einfach ein bisschen auftanken wollen. Für einen kleinen Moment war Caya eingenickt. Sie träumte von Matthäus Alber, wahrscheinlich weil Ulm ihr einen Tag zuvor erzählt hatte, dass man ihm zu Ehren eine Linde gepflanzt hat. Und, was die Leute nicht wussten, dass es sich hier um einen *Baum der Erinnerungen* handelt. Caya wollte unbedingt zu dieser Linde, vielleicht konnte sie ja auch ein paar Erinnerungen finden.

Im Geiste stand Caya gerade mit Matthäus Alber vor der Marienkirche - hier hatte er zu seiner Zeit gepredigt - da kitzelte sie etwas an ihrem Hals. Caya brauchte einen Moment, um zu begreifen, dass sie nur geträumt hatte. Ulm hatte sie mit einer Vogelfeder gekitzelt. Diese hatte er aus dem Heimatmuseum mitgenommen. Eine kleine Schwalbe hatte sich dort verflogen und war durch das ganze Museum geflattert. Leider war das Vögelchen bis ganz oben unters Dach geflogen. Dort war gerade eine Lego-Ausstellung. Das flatternde Etwas hatte vor lauter Aufregung mit seinen ausgebreiteten Flügeln die Hälfte der Lego-Bauten umgeschlagen und nun lagen tausende kleine Legosteine auf dem Boden verteilt. Drei Mitarbeiter versuchten den Vogel einzufangen.

Allerdings wollte dieser sich nicht einfangen lassen und so flog er von Etage zu Etage, von Raum zu Raum. Überall lagen Vogelfedern herum. Die verängstigte Schwalbe hatte sich in den schönen Gewändern verfangen, verheddterte sich in den Fäden des alten Webstuhls und als wäre das noch nicht genug - hatte sie beinahe die Brille eines berühmten Dichters heruntergeschmissen. Zum Glück kam in diesem heiklen Moment Ulm wie aus dem Nichts und fing das gute Stück gerade noch auf. Der *Schwälbler* schaffte es, den Vogel zu beruhigen und gemeinsam verließen sie das Heimatmuseum durch ein offenstehendes Fenster. Ulm war dann nochmal kurz zurückgeflogen und hatte ein paar der herumliegenden Federn eingesammelt.

Caya freute sich Ulm zu sehen. Sie wollten gemeinsam das Stadtarchiv besuchen. Und wer jetzt meint, dass so ein Archiv staubig und trocken ist und absolut nur was für Langweiler, der wird Augen machen, was so ein dunkler Kellerraum alles zu bieten hat. Caya wird nachher voller Bewunderung sagen: „Eine historische Schatzkammer, das Herz unserer Stadt!"

Unten angekommen, bestaunten die beiden kilometerweise Amtsblätter, Zeugnisse einer vergangenen Zeit. Protokolle, alte Zeichnungen von der Achalm – haufenweise Geschichtsblätter. Wie spannend. Was es hier alles zu sehen gab. Sogar ein Brief von Ludwig Finckh, in dem er darum bittet, auf dem Hausberg seine letzte Ruhe zu finden. Tausende von Büchern. Auch einen Eintrag, dass Caya hier an der Fachhochschule studiert hatte. Das fand sie lustig. Jeder konnte hier seine Geschichte finden. Immerhin gab es hier wohl über fünf Kilometer Unterlagen. Jede einzelne Veranstaltung wurde hier festgehalten. Jede Zeitungsausgabe. Was es hier alles zu erkunden gab – fantastisch!

Ulm flog aufgeregt von Raum zu Raum, von Regal zu Regal, von Buch zu Buch. Irgendwo war auch ein Buch über die *Schwälbler* zu finden. Nachdem er Tonnen von Akten und Ordner begutachtet hatte, hatte er es tatsächlich gefunden. Eine kleine Träne kullerte ihm über sein Gesicht. Wie schön, auch sie waren hier verewigt.

Gerade als Caya und Ulm in einem Buch über den Stadtbrand blätterten, kam der Archivar herein. Caya erschrak, klappte das Buch vorschnell zu und Ulm verschwand zwischen den Seiten. Nur ein Flügelchen schaute aus dem Buch hervor, aber wenn man nicht so genau hinschaute, meinte man, es wäre ein hübsches Lesezeichen. Der Archivar fragte, ob Caya Hilfe benötigte.

Nachdem sie dies verneinte ging er wieder seiner Arbeit nach. Atemlos und ganz plattgedrückt krabbelte Ulm aus dem Buch. „Das hätte aber keine Sekunde länger dauern dürfen", jammerte er und versuchte wieder normal zu atmen.

„Hörst du das?", fragte Caya ihren Freund. Ein leichtes Brummen lag in der Luft. Ein Summen. Ein Sägen? Ein Schnarchen! „Der Archivar schläft bestimmt zwischen den Büchern und Akten", lachte Ulm. Caya kicherte und forderte zum Nachsehen auf. Ganz vorsichtig, auf Zehenspitzen schlichen sie von Regal zu Regal. Das Geräusch wurde immer lauter. Doch zu sehen war nichts. Und als sie gerade in die nächste Abteilung wechseln wollten, entdeckten sie den Schnarcher. Nicht der Archivar war es der dort selenruhig schlief: Nein, Ulms jüngster Sohn Roel hatte es sich zwischen den Ordnern gemütlich gemacht. So ein *Dösewicht!* Roel war dafür bekannt, dass er an den unmöglichsten Stellen einschlief.

Roel hielt nicht nur Winterschlaf, nein, auch Sommerruhe, Frühlingsstille und Herbst-Pause! Eben ein wahrer *Dösewicht.* Ulm holte die Vogelfeder aus seiner Tasche und kitzelte ihn. In dem Moment hörte man nur ein lautes „Hab dich!" Klar, Fred war natürlich auch da.

Ulms Frau Alma hatte die beiden *Schwälblerkinder* geschickt, um Ulm und Caya daran zu erinnern, dass es schon spät war und sie ja gemeinsam essen wollten.

Doch daraus wurde nichts. Fred und Roel hatten es vorgezogen erst mal verstecken zu spielen - denn das konnte man hier unten wirklich wunderbar. Naja, Roel hatte sich gekonnt hinter den Ordnern über den Stadtbrand eingeigelt, Fred hatte irgendwann keine Lust mehr zu suchen und hatte lieber ein paar Akten und Ordner vertauscht – er fand die Vorstellung zu komisch, dass der Herr Archivar nun verzweifelt nach den Unterlagen suchen musste. Fred war halt schon ein Schlitzohr. Und Roel? Roel wartete, dass man ihn endlich fand und war darüber eingeschlafen. Nun hatte man ihn gefunden, allerdings nicht Fred sondern Caya und Ulm.

Ulm las noch ein paar Zeilen aus einem Brief aus den Zwanzigern, wobei sich der Autor darüber beschwert, dass das Verkehrsaufkommen in der Stadt zu hoch wäre. Das gab natürlich ein lautes Gegacker und Gegrunze. So voller guter Laune und noch mehr neuer Informationen über ihre geliebte Stadt verließen die wissbegierigen Besucher das Archiv.

Ulm schloss die Tür, drehte den Schlüssel um und Caya bemerkte zufrieden: „Eine historische Schatzkammer, das Herz unserer Stadt!" „Eigentlich viel zu schade, um hier unten im Dunkeln versteckt zu liegen", ergänzte Ulm.

Den ganzen Weg über sinnierten sie über das, was sie alles entdeckt hatten.

Nur Roel schlief selenruhig in Cayas Hemdkragen.

Die Schwälbler – Onderweags

Die Grummel-Hummel

Welch' ein herrlicher Morgen. Die Sonne war gerade aufgegangen, der Nebel stand noch in den Tälern und man konnte die herrliche Aussicht von hier oben genießen. Die ersten Bienen waren schon fleißig, und man hörte das arbeitsame Summen der Hummeln. Nur Hummi saß stinkstiefelig in einem Blumenkelch und schimpfte lauthals vor sich hin. Schon morgens hatte er schlechte Laune. Es war zu kalt, die Sonne schien zu hell, die Vögel zwitscherten zu laut, sogar der liebliche Wind war ihm zu wider - und der wunderschöne Nebel war zu nebelig. Er meckerte, er schimpfte und er maulte. Hummi fand immer einen Grund, um unzufrieden zu sein! Sogar seine Frau Biggi ging ihm auf die Nerven. Biene Biggi, gesegnet mit frohem Gemüt, war schon morgens guter Dinge und trällerte das eine oder andere Lied, erfreute sich an dem wunderschönen Tag und freute sich auf das, was kommen mochte – und das erfreute ihren Herrn Gemahl überhaupt gar nicht. So saß Biggi gut gelaunt auf der einen Seite des Kelches und Hummi miesepetrig auf der anderen Seite. Umgeben von lauter schönen Blumen und lieblich zwitschernden Vögeln. Oder von grauen Nebelwolken und lärmendem Gefieder. Je nachdem wen man fragte. Biggi machte sich bereit für den Abflug, drehte sich noch einmal um und sagte liebevoll: „Bis später du Grummel-Hummel" und verabschiedete sich mit einem spitzbübigen Lächeln. Hummi schmollte weiter. Nur einen Augenblick später kam der Schwälbler Ulm an dem Kelch vorbeigeflogen. Und da eine leichte Windböe den Kelch gerade ein wenig zum Schwanken gebracht hatte, hörte er den grummeligen Brummer lauthals zetern. Er näherte sich dem Kelch, schaute hinein und gesellte sich zu der aufgebrachten Hummel. Hummi meckerte, schimpfte und maulte. Und Ulm hörte zu, horchte und lauschte. Dann passte er eine Meckerpause ab,

78

atmete tief ein, holte noch tiefer Luft und reichte dem in Fahrt gekommenen Bienerich seine Hand. „Komm, ich will dir etwas zeigen", forderte er die aufgebrachte Hummel auf. Hummi sträubte sich noch ein wenig. Bei dem Nebel? Bei der Kälte? Am frühen Morgen? Doch Ulm fand die richtigen Worte und so brachen die zwei dann doch endlich auf. Gemeinsam flogen sie zu der höchsten Spitze des Berges, auf den Turm oben auf der Burg. Dort setzten sie sich auf die Mauer. Hummi wollte gerade wieder loslegen; es war windig und zugig. Doch Ulm forderte ihn auf, hinab ins Tal zu blicken, die Stille zu genießen und die Eindrücke wirken zu lassen. Und tatsächlich, irgendwann wurde die Hummel ruhiger und nach ein paar Minuten kam ihm tatsächlich ein „das ist aber herrlich" über die Lippen. Sie schauten hinab und Hummi fing an das Ganze zu genießen. Stell dir vor, als Ulm zum Aufbrechen aufrief, wollte Hummi noch einen Moment bleiben. Auf dem Weg nach unten wies der Schwälbler auf die schöne Flora und Fauna der Achalm hin. „Schau ein Sonnenröschen" und „da eine Orchidee", rief er hinweisend aus. Irgendwann rief die Hummel:„Guck, ein Grashüpfer, wie lustig er durch die Gegend springt". Und als dann plötzlich ein Hase an ihnen vorbei hoppelte, kicherte er sogar über dessen nicht ganz so elegante Sprünge. „Das war ja Hase Hans", freute sich die mittlerweile nicht mehr übelgelaunte Hummel. Er schmunzelte und, haltet euch fest - er reimte sogar ein bisschen vor sich hin.

Es hoppelte vor meiner Nase,
der kleine Hans, der Achalm-Hase.
Er hüpfte hin und hüpfte her,
er hüpfte links und hüpfte quer.
Hoch zum Turme hopste er,
denn den Gipfel liebt er sehr.
Und wenn er hochgehoppelt ist,
er alles um sich rum vergisst.
Stundenlang sitzt er im Grase,
der kleine Hans, der Achalm-Hase.

Ulm und Hummi hielten sich die Bäuche vor Lachen.

So kichernd und prustend trafen sie auf Biene Biggi. Biggi wunderte sich, fiel aber in das Lachen der beiden ein. Irgendwann verabschiedete sich Ulm, die gute Laune blieb. Für alle Fälle und wirklich nur zur Sicherheit, verabredete sich Ulm mit der freudigen Hummel für den nächsten Tag am Echaz-Ufer. Ulm hoffte auf eine Begegnung mit der *Echaz-Dede. Der Hauch des Sehens* würde der Hummel mit Sicherheit gut tun. Aber vorerst war der Tag gerettet.

Von nun an nannte Biggi ihre Hummel nicht mehr Grummel-Hummel, sondern liebevoll Bummel-Hummel. Denn Hummi blieb öfter stehen, schaute nach den schönen Blumen vor seiner Nase, entdeckte die Marienkäfer in der Hecke, erfreute ich an den Schmetterlingen und wälzte sich froh im Blütenstaub. Sogar das Gezwitscher der Vögel fand er jetzt schön. Auch am frühen Morgen.

Die Schwälbler – Onderweags

Die Königin

Heute war ein ganz besonderer Tag! Nicht nur, dass heute wunderschön die Sonne vom Himmel schien - nein, die Marienkäfer der Umgebung versammelten sich an diesem ehrwürdigen Tag an dem alten Baum am Fuße der Achalm.

Frau Wirbelwusch hatte zu dem Treffen gerufen und alle waren gekommen - die Sieben-Punkt-Käfer, die Zwei-Punkt-Käfer, sogar der vierfleckige Kugelmarienkäfer und der vierzehntropfige Marienkäfer. Es waren tatsächlich alle da! Von überall kamen sie angeflogen: Vom Florianberg, vom Geogenberg, aus den Wiesen und Wäldern. Sogar aus dem - laut Frau Wirbelwuschs Großtante - wohl schönsten und volkreichsten Dorf im Königreich der hiesigen Menschlein. Und stell dir vor, wen man dort noch antraf: die alteingesessenen Echaz-Marienkäfer, die unter der Lindachbrücke hausen. Eine sonst eher zurückhaltende Familie.

Frau Wirbelwusch saß erst kürzlich auf ihrem saftig-grünen Blatt, aalte sich im Sonnenschein und schaute den fleißigen Bienen bei ihrer Arbeit zu. War das ein buntes Treiben. Es verging nicht eine Minute, wo sie nicht eine der arbeitsamen Bienen zu Gesicht bekam. Sie flogen von links nach rechts, von rechts nach links und ab und zwischendurch saßen sie auf einer der wunderschönen Blumen hier ganz in der Nähe der Hecke. Auch Biene Biggi war unter ihnen. Diese kannte Frau Wirbelwusch schon sehr sehr lang und so nahm sich Biggi Zeit, um sich mit ihrer alten Freundin zu unterhalten. Doch bald zog es das fleißige Bienchen wieder zu ihren Artgenossen und Frau Wirbelwusch saß wieder allein auf ihrem Blatt.

Und dann, nur eine Sekunde später, kam die Bienenkönigin vorbei. Ach, was war das für ein andächtiger Moment. Stolz - voller Würde und erhobenen Hauptes flog die Königin direkt an Frau Wirbelwusch vorbei. Frau Wirbelwusch konnte sogar das Vibrieren der Flügel in ihrem Gesicht spüren. Dem Marienkäfer blieb vor lauter Ehrfurcht fast das kleine Herz stehen. So nah hatte sie die Königin noch nie gesehen. Welch' eine Freude. So anmutig, so graziös, eben wahrlich eine wahrhaftige Königin.

Frau Wirbelwusch saß noch lange dort oben in ihrer geliebten Hecke und überlegte dies und das.

Schaute von Biene zu Biene und von Blume zu Blume.

War es nicht ein bisschen merkwürdig, dass die Marienkäfer ohne Königin waren? Jedes einzelne Bienenvolk hatte ihre eigene Königin. Die winzigen Ameisen hatte eine. Selbst die Menschen hatten wohl ab und an einen König. Ja, auch die Vögel hatten einen, den allseits bekannten Zaunkönig. Und die Frösche? Na, die Geschichte kennt ja jeder.

Und genau in diesem Moment fasste sie einen Entschluss! Ulm der Schwälbler, einer ihrer besten Freunde, bestärkte sie in ihrer Idee als er gerade zufällig vorbei kam und gab ihr ein paar hilfreiche Tipps. Er kannte die Bienenkönigin persönlich und so arrangierte er ein Treffen zwischen der Königin und der Marienkäferdame. Fast wäre Frau Wirbelwusch bei dem Treffen vor Aufregung in Ohnmacht gefallen, zum Glück war Ulm mitgekommen und fächerte ihr im letzten Moment mit seinen Flügeln frische Luft zu.

Nur ein paar Tage später rief Frau Wirbelwusch zu einer großen Marienkäfer-Versammlung auf – ihre neunundneunzig Kinder hatten geholfen, die Nachricht zu verbreiten. Und nun standen sie also am Fuße der Achalm und Frau Wirbelwusch hielt eine kurze, aber sehr eindrucksvolle Rede.

Am Ende ihrer Worte schlug sie vor, eine Königin oder einen König zu krönen. Still wurde es, als sie den Vorschlag unterbreitete. Dann leises Getuschel und Gemurmel. Und plötzlich schlug jemand lauthals einen Namen vor. „Wankemarie Wirbelwusch", rief der Vierzehnfleck, der extra vom *Türmle* gekommen war. „Ja, Wankemarie Wirbelwusch", entgegnete jemand aus der anderen Ecke aufgeregt. Ein paar andere Marienkäfer stimmten voller Inbrunst ein, und irgendwann riefen alle „Wankemarie Wirbelwusch soll unsere Königin sein!"

Und so kam es, dass unsere liebe Frau Wirbelwusch zur Königin der Marienkäfer gekrönt wurde! Aber das ist eine ganz andere Geschichte. Nur soviel sei verraten: Beim Buffet hatten die Schwälbler ihre Hand im Spiel, es könnte also nicht leckerer sein. Kandierte Rosenblüten, gefüllte Himbeerblätter, Sonnenröschen-Auflauf und Trockenblumensalat mit frittierten Distelhalmen. Und sogar grüner Blumenwiesenkuchen mit frischen Gänseblümchen. Als Nachtisch Glückskekse aus getrockneten Vierblättrigen Kleeblättern und scharfe Apfel-Thymian-Pralinen. Köstlich!

Lust auf mehr?

Dann besuch mich doch einfach auf meiner
Homepage: *gedichtenichte.de*

Buchempfehlung

Harzschnipsel

Yasmin Mai-Schoger

Gedichte und Geschichten aus dem Harz
inkl. der Geschichte vom „kleenen Brummer"

„Der wilde Mann"

ISBN: 9 783750 480032
erschienen im BoD-Verlag

Yasmin Mai-Schoger

Der Hausberg

Gedichte und Geschichten rund um die Achalm

inkl. dem Achalm-Märchen "Der Hirte und die Schafstrauben"

Der Hausberg

Yasmin Mai-Schoger

Gedichte und Geschichten rund um die Achalm inkl. dem Achalm-Märchen

„Der Hirte und die Schafstrauben"

ISBN: 9 783732289814
erschienen im BoD-Verlag

Yasmin Mai-Schoger

Die Achalm

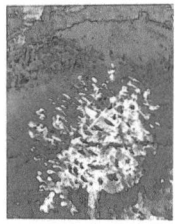

Gedichte und Geschichten rund um die
Achalm

inkl. der Geschichte "Ulm und der Ausflug auf die Schwäbische Alb"

Die Achalm

Yasmin Mai-Schoger

Gedichte und Geschichten rund um die Achalm
inkl. der Achalm-Geschichte

„Ulm und der Ausflug auf die Schwäbische Alb"

ISBN: 978-3-7494-6851-5
erschienen im BoD-Verlag

Yasmin Mai-Schoger

Die Schwälbler

Geschichten von der Achalm und der
Schwäbischen Alb

inkl. der Gedichte "Die Nacht war kurz" und "Ganz weit oben"

Die Schwälbler

Yasmin Mai-Schoger

Geschichten von der Achalm und
der Schwäbischen Alb
inkl. den Geschichten aus dem Harz

„Ein Harznok auf Reisen"
„Ein Schwälbler bei den Harznoks"

ISBN: 978-3-750-41198-2
erschienen im BoD-Verlag

Yasmin Mai-Schoger

Schmunzelstücke

Moderne Gedichte zum Schmunzeln
und Nachdenken

Eine kunterbunte Auswahl an Wohlfühlgedichten

Schmunzelstücke

Yasmin Mai-Schoger

Moderne Gedichte zum Schmunzeln und
Nachdenken

Eine kunterbunte Auswahl an Wohlfühlgedichten

ISBN: 9 783751 906777
erschienen im BoD-Verlag

Yasmin Mai-Schoger

Frau
Wirbelwusch

und andere lustige Gedichte und
Geschichten für Kinder

inklusive der bereits veröffentlichten Geschichte
"Chillis erster Ausflug"

Frau Wirbelwusch

Yasmin Mai-Schoger

Lustige Gedichte und Geschichten für Kinder

**Eine Reise durch den heimischen Garten
inkl. der Geschichte „Chillis erster Ausflug"**

ISBN: 9 783750 437722
erschienen im BoD-Verlag

Burg Achalm

Andreas Kec

Entdecken und Erleben

Geschichte und Rekonstruktion

ISBN: 9 798564 877770
Independently published